# 故宮御貓夜遊記 ⑨

## 斗牛的煩惱

常怡／著　　小天下 南畔文化／繪

中華教育

責任編輯：余雲嬌
裝幀設計：鄧佩儀
排版：鄧佩儀
印務：劉漢舉

# 故宮御貓夜遊記 ⑨ 斗牛的煩惱

常怡 / 著　　小天下 南畔文化 / 繪

**出版 | 中華教育**

香港北角英皇道 499 號北角工業大廈 1 樓 B 室

電話：(852) 2137 2338　傳真：(852) 2713 8202

電子郵件：info@chunghwabook.com.hk

網址：http://www.chunghwabook.com.hk

**發行 | 香港聯合書刊物流有限公司**

香港新界荃灣德士古道 220-248 號 荃灣工業中心 16 樓

電話：（852）2150 2100　傳真：（852）2407 3062

電子郵件：info@suplogistics.com.hk

**印刷 | 高科技印刷集團有限公司**

香港葵涌和宜合道 109 號長榮工業大廈 6 樓

**版次 | 2021 年 10 月第 1 版第 1 次印刷**

©2021 中華教育

**規格 | 16 開（185mm x 230mm）**

**ISBN | 978-988-8759-92-7**

大家好！我是御貓胖桔子，故宮的主人。

一到夏天，每天除了吃飯、睡覺以外，我最喜歡的事情就是望着天空發呆。那些流動的雲，它們的形狀經常讓我想起好吃的鯽魚和肥嫩的雞腿。

我最討厭在雨天出門，雨水
打濕毛的感覺比出汗還難受。

今天下了一整天的雨，直到天黑，雨才停下來。天空變得清朗，月光從松葉的間隙透下來。我伸了個懶腰，準備出門去吃晚飯。

我慢悠悠地走出長廊。貓糧碗被移到了養性殿的屋簷下，一點兒都沒有被雨水淋到。我滿意地吃了大半碗摻着魚肉罐頭的貓糧，又喝了幾口水。

在長廊裏睡了一整天，現在吃飽喝足了，我決定出門活動一下。雨後的夜晚，又清爽又涼快，在這樣一個悶熱的夏天可真是難得。

走出珍寶館後，我拖着沉甸甸的肚子跳上了紅牆，準備好好地欣賞一下美麗的夜空。這時卻發生了一件怪事：沒有風，雲彩卻一朵接一朵地飄過來，而且都來自同一個方向。這可真古怪。

我順着紅牆朝雲彩飄來的方向走去，雲朝着相反的方向慢慢飄動，月亮時不時在雲朵的縫隙裏露一下頭。

突然，我聽到了一陣奇怪的聲音。
「嗝⋯⋯嗝⋯⋯嗝⋯⋯」

我抖了抖耳朵，循着聲音望去。皇極殿的屋頂上，一隻怪獸正躺在上面，一臉痛苦的表情。他體形不大，身上披着龍鱗，頭上的犄角卻彎曲如水牛的角。

啊！這不是斗（普dǒu｜粵抖）牛嗎？在故宮裏，動物們最熟悉的怪獸就是斗牛，每當遇到甚麼需要怪獸們幫忙解決的事情，我們都會去找他。斗牛是故宮裏最和善的怪獸了。

「斗牛，你不舒服嗎？喵。」
我費勁地跳上屋頂，擺了擺尾巴。

「哎喲，這不
是胖桔子……
嗝……」

招呼還沒打完，斗牛就猛地打了一個嗝，
幾乎同時，一團雲彩從他嘴裏飄了出來。剛飄出
來的時候，那朵雲彩像又白又軟的棉花糖，但飄
到半空時，它就變成了一頭大象，鼻子伸得長長
的。等再飄高一點的時候，它又變成了灰白色的
青蛙，頭上還頂着一個小小的皇冠。

「對不起。」斗牛不好意思地低下頭說，「最近不知道怎麼了，一下完雨我就會不停地打嗝，不等到太陽出來，就止不住。嗝⋯⋯」

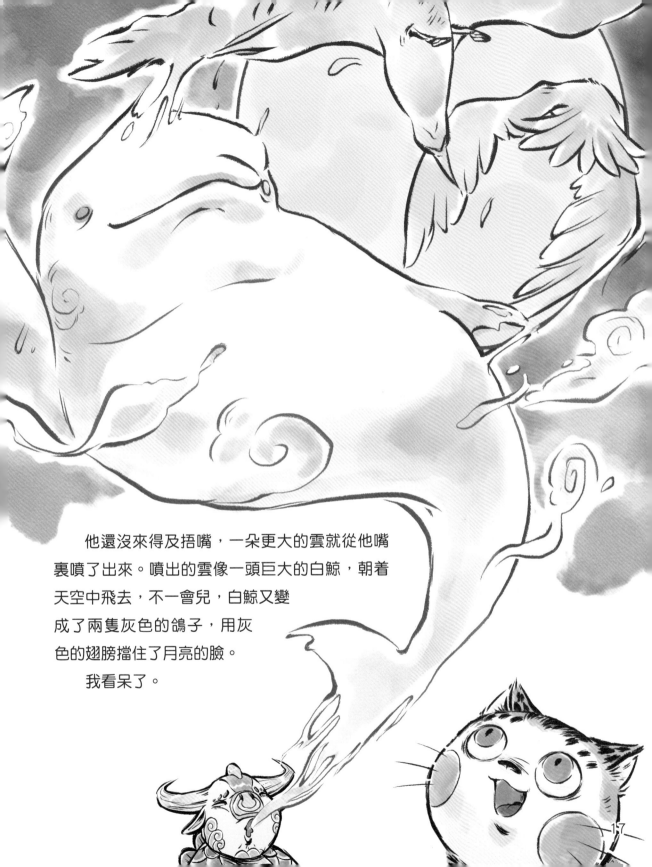

他還沒來得及捂嘴，一朵更大的雲就從他嘴裏噴了出來。噴出的雲像一頭巨大的白鯨，朝着天空中飛去，不一會兒，白鯨又變成了兩隻灰色的鴿子，用灰色的翅膀擋住了月亮的臉。

我看呆了。

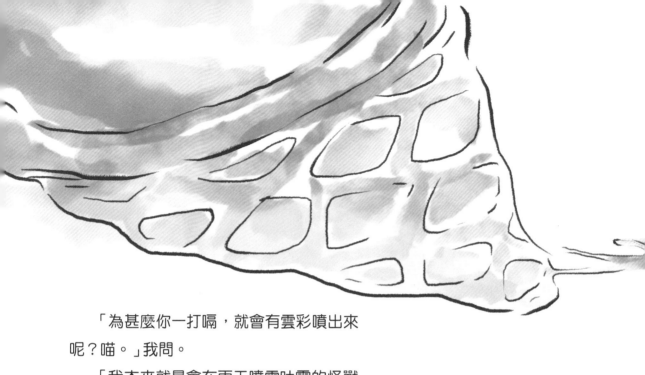

「為甚麼你一打嗝，就會有雲彩噴出來呢？喵。」我問。

「我本來就是會在雨天噴雲吐霧的怪獸啊，嗝……」

這次斗牛及時捂住了嘴，誰知又有兩團雲彩從他的鼻孔中噴了出來，那形狀就像兩支雲呢拿甜筒。

「真好玩。喵。」我很有興致地看着那些雲彩。

「我並不覺得好玩。」斗牛愁眉苦臉地說，「這樣一直打嗝打到天亮，還噴出奇怪的雲彩，真是太難受了。」

「我們貓族有一個治療打嗝的祕方，不知道用在你們怪獸身上，有沒有用？」

斗牛睜大眼睛問：「甚麼樣的祕方呢？」

我壓低聲音，湊到他耳邊說：「每次我們打嗝的時候，只要連着喝七大口水，打嗝就能止住了。」

「真的有用嗎？」斗牛有點懷疑。

「當然有用了！」我翹着鬍子說，「我每次打嗝停不下來，都是這樣治好的。」

「太好了，那我也要試試！」斗牛「呼」的一下站了起來，說，「你坐到我背上來吧，我們去找個水多的地方。」

不就是喝七口水嗎？直接打開水龍頭就可以了，為甚麼還要找水多的地方呢？

雖然我很納悶，但還是乖乖地趴到了斗牛的背上。斗牛甩甩尾巴，四爪一騰空就飛上了夜空。一邊飛還在一邊打嗝，噴出雲彩。

我們在雲彩間穿梭，耳邊是呼呼的風。我偷偷伸出前爪，想抓一把雲彩，卻甚麼都沒抓到。

等斗牛落到地上的時候，我們已經站在了金水河前。

剛剛下過大雨，金水河的水漲得滿當當的，在路燈的照耀下閃着光。

我從斗牛的身上滑了下來。

「下面，我就試試看！」他彎下脖子，開始「咕咚、咕咚」地喝起河水來。

斗牛真能喝！他每喝一口河水，金水河的水位就降低一截。等到七口水喝完，金水河裏的水就只剩一半了。

「嗝……」

斗牛在我身邊打了一個長長的嗝，把我嚇了一跳。難道是我的祕方沒有用？

打完嗝，斗牛揉了揉「嘩啦嘩啦」直響的肚子，發了一會兒呆。

「好像真的不打嗝了！」他高興地說。

「太好了。」我鬆了口氣說，「幸虧是七口，如果需要喝十四口的話，金水河的水恐怕被你喝乾了！」

斗牛舔了一下嘴脣說：「好久沒有喝這麼痛快了。謝謝你的祕方治好了我的打嗝。」

「不用客氣。喵。」我高興地甩了下尾巴。

我走回珍寶館時，發現天空中的雲彩都不知道飄到哪裏去了。一輪鮮黃的月亮掛在天空中，照亮了宮殿金色的琉璃瓦。一陣風吹來，斗牛從月光下靜悄悄地飛過。今晚，他能睡一個好覺了。

# 胃口最大的怪獸

斗牛

我是太和殿上排行第九的脊獸。我有着牛的模樣，身上披着龍的鱗片。我一張開口就能吞下天上的雲，還能吐出濃霧，呼風喚雨，控制水。古時候，如果一個地方經常發生水災，人們就會請我去鎮守。故宮太和殿的屋脊上有我的身影，是因為人們相信我能使天下風調雨順！

西內海子中有斗牛，即虬螭之類，遇陰雨作雲霧，常蜿蜒道路旁及金鰲玉蝀坊之上。

——（清）《欽定日下舊聞考》

語 譯

明朝皇宮西苑旁邊的湖泊有斗牛出現，牠與虬螭是同一類，遇到陰天下雨的時候便製造雲霧，常常徘徊在路邊和金鰲（普áo｜粵熬）玉蝀（普dōng｜粵東）橋的牌坊上。

抵禦侵襲的守護神  宮 牆

在故宮裏，朱紅色的院牆分隔開不同宮殿；在故宮外圍的灰色城牆，則隔開了皇宮之外的世界。城牆又高大又厚實，約有十米高，從故宮外看去，城牆呈梯形，這樣的設計可以增強城牆的防禦作用。在明朝，城牆上駐紮着看護軍；到了清朝，城牆上更增加了配有大炮的哨所。

（見第 1 頁）

 吻 獸 鞏固屋脊的關鍵部分

故宮宮殿的屋頂正脊兩端，常常設有吻獸，也稱為「正吻」、「大吻」等。正吻多使用琉璃製成，這是一種龍頭形狀的裝飾，「龍口」張開咬住正脊，有鞏固屋脊和裝飾的作用。

（見第 10 頁）

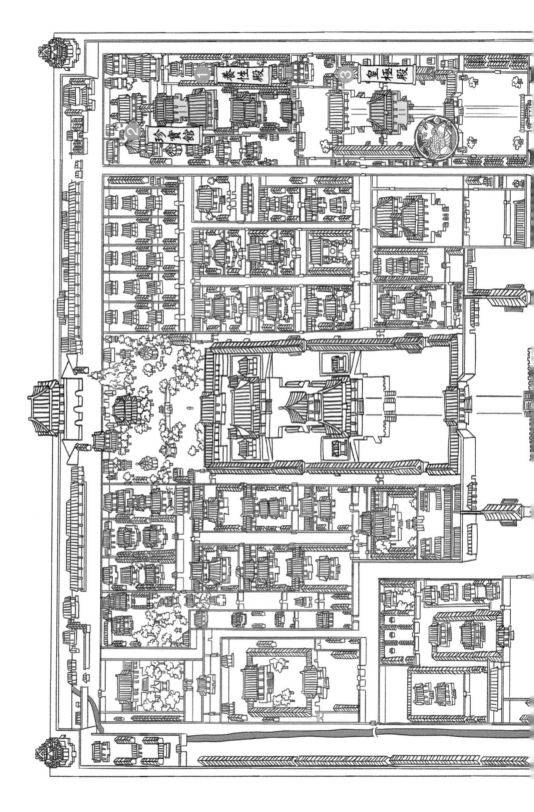

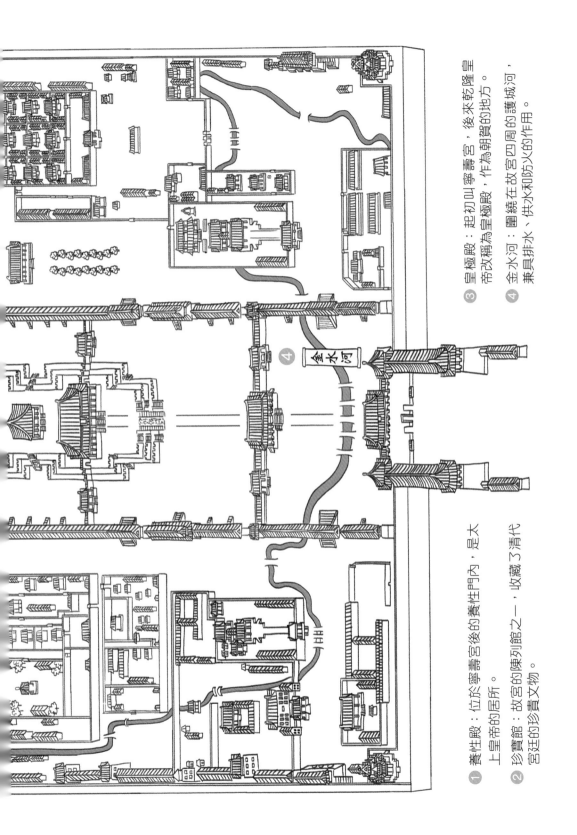

① 養性殿：位於寧壽宮後的養性門內，是太上皇帝的居所。

② 珍寶館：故宮的陳列館之一，收藏了清代宮廷的珍貴文物。

③ 皇極殿：起初叫寧壽宮，後來乾隆皇帝改稱為皇極殿，作為朝賀的地方。

④ 金水河：圍繞在故宮四周的護城河，兼具排水、供水和防火的作用。

41

**常 怡**

斗牛這隻怪獸的由來比較特別。

牠來源於二十八星宿中的斗宿和牛宿，是因「斗牛之間常有紫氣」演化而來的「龍形」神獸[1]。因為斗牛服的出現和盛行，明朝成了斗牛最流行的時期。那時的斗牛紋飾長得和龍差不多，但體形要小很多，頭上的龍角也變成了牛角，有時候龍爪還會變成牛蹄。

中國古代一直有用牛來鎮水的傳統，所以斗牛一出現，就被賦予了鎮水的神能。傳說牠可以制服「水精」，讓人們不再受到洪水的侵害。

但是我更喜歡《欽定日下舊聞考》裏關於斗牛的記載，書裏說這隻怪獸遇到陰雨天，就會飛上天空噴出霧氣和雲彩，為落雨造足氣氛。想來，只有心懷浪漫的怪獸，才會做這樣的事情。

---

1　這個典故出自《晉書·列傳六》，大意為有人觀測到在斗、牛兩星宿之間有代表寶劍之精氣的祥瑞徵兆，並通過對星象方位的觀察，在豫章豐城這個地方發現兩把寶劍。寶劍被尋得後又過去數年，一日忽然自主人的腰間躍出落入了水中。人們入水後並沒有找到寶劍，而是見到兩條像龍一樣的靈物在水中游動。於是，就有人感慨，這兩把寶劍是天生神物，不會永遠被人佩帶在身上，終將重回於天地靈氣之中。借由這個典故，後人將這種「龍形」的神獸稱為「斗牛」。

**北京小天下時代文化有限責任公司**

一直被怪獸們保護着的御貓胖桔子，這次終於有機會幫助怪獸了！

在《斗牛的煩惱》裏，最和善的斗牛遇到了麻煩——不停地打嗝。相信很多小讀者都遇到過類似的情況吧？你一般是如何解決這個問題的呢？

打嗝是一件很常見的事情，但放在斗牛的身上可就不一般了。作為一隻擅長噴雲吐霧的怪獸，斗牛打出來的嗝，是造型千奇百怪的雲彩。在書中，你會看到大象、青蛙、白鯨、鴿子，甚至還有甜筒等各種形狀的雲彩。在繪製內文圖時，我們選擇用淡淡的紫色、藍色和黃色層層疊加，來塑造斗牛噴出的雲彩，為之增加夢幻的感覺。

胖桔子就像是孩子的縮影，在家人的關懷中逐漸長大。直到有一天，這個孩子可以獨立思考甚至可以幫助別人解決問題的時候，我們才突然發現——孩子真的長大了。